Anton Čechov

Dama con cagnolino

versione filologica del racconto

(1899)

a cura di Bruno Osimo

Titolo originale dell'opera: Дама с собачкой
Traduzione dal russo di Bojana Murišić e Bruno Osimo

Bruno Osimo è un autore/traduttore che si autopubblica

ISBN 9788898467228 per l'edizione elettronica
ISBN 9788898467624 per l'edizione cartacea

Contatti dell'autore-editore-traduttore: osimo@trad.it

Traslitterazione

La traslitterazione dei nomi è fatta in base alla norma
ISO 9:

â si pronuncia come 'ia' in 'fiato' /ja/
c si pronuncia come 'z' in 'zozzo' /ts/
č si pronuncia come 'c' in 'cena' /tɕ/
e si pronuncia come 'ie' in 'fieno' /je/
ë si pronuncia come 'io' in 'chiodo' /jo/
è si pronuncia come 'e' in 'lercio' /e/
h si pronuncia come 'c' nel toscano 'laconico' /x/
š si pronuncia come 'sc' in 'scemo' /ʂ/
ŝ si pronuncia come 'sc' in 'esci' /ɕ:/
û si pronuncia come 'iu' in 'fiuto' /ju/
z si pronuncia come 's' in 'rosa' /z/
ž si pronuncia come 's' in 'pleasure' /ʐ/

Sommario

Dama con cagnolino

Dicevano che sul lungomare fosse apparso un nuovo volto: una dama con un cagnolino. Dato che Dmitrij Dmìtrič Gùrov era a Âlta da due settimane e si era abituato a questo posto, cominciava a interessarsi alle persone nuove. Seduto nel *pavillon* al Vernet, vedeva che sul lungomare passava una giovane dama, bionda e non così alta, con un berretto: le correva dietro uno spitz bianco.

E poi la vedeva più volte al giorno al giardino pubblico e sullo spiazzo. Lei passeggiava da sola, sempre con lo stesso berretto e lo spitz bianco; nessuno sapeva chi fosse e la chiamavano semplicemente così: la dama col cagnolino.

«Se è qui senza marito e senza conoscenti», pensava Gurov, «sarebbe tutt'altro che superfluo conoscerla».

Gurov non aveva ancora quarant'anni, ma aveva già una figlia di dodici e due figli al ginnasio. Lo avevano sposato presto, quando era al secondo anno di università, e ora sua moglie sembrava una volta e mezzo più vecchia di lui. Era una donna alta, con le sopracciglia scure, dritta, importante, robusta, e, come lei stessa si definiva, una che pensa. Leggeva tanto, quando scriveva non usava la lettera ъ, chiamava suo marito Dimitrij, invece che Dmitrij, e per lui lei era ottusa, aveva una mentalità ristretta, goffa, aveva paura di lei e non gli piaceva stare a casa. A tradirla aveva cominciato da tempo, la tradiva spesso e, è verosimile, per questo motivo delle donne parlava quasi sempre male, e quando in sua presenza ne parlavano, lui le chiamava così:

«Razza inferiore!»

Gli sembrava di avere avuto dalla sua amara esperienza una lezione sufficiente a chiamare le donne come voleva, eppure senza la «razza inferiore» non poteva vivere neanche due giorni. Tra i maschi si annoiava, non era a suo agio, con loro era di poche parole, freddo, ma quando era tra le donne, si sentiva libero e sapeva di cosa parlare e come comportarsi con loro; con loro perfino tacere gli era facile. Nella sua esteriorità, nel carattere, in tutta la sua natura c'era un che di attraente, elusivo, che bendisponeva le donne verso di lui, le ammaliava; se ne rendeva conto, e lui stesso era spinto da una forza verso di loro.

La ripetuta esperienza, esperienza amara davvero, da tempo gli aveva insegnato che qualsiasi approccio, che in un primo tempo diversifica così piacevolmente la vita e sembra un'avventura carina e facile, nelle persone perbene, soprattutto nei moscoviti, sederi pesanti, indecisi, inevitabilmente cresce fino a diventare addirittura un problema, complesso all'estremo, e la situazione finisce per diventare pesante. Eppure a ogni nuovo incontro con una donna interessante questa esperienza chissà come gli scivolava dalla memoria, e gli veniva voglia di vivere, e tutto sembrava così semplice e divertente.

Ed ecco una sera lui stava cenando in giardino, e la dama col berretto gli si avvicinò senza fretta per occupare il tavolo accanto. L'espressione, l'andatura, il vestito, l'acconciatura di lei gli dicevano che era della società perbene, sposata, a Âlta per la prima volta da sola, che si annoiava... Nei racconti sull'impurità dei costumi locali c'è poco di vero, li detestava e sapeva che questi racconti per la maggior parte li inventano le persone che peccherebbero volentieri se potessero, ma, quando la dama si mise a sedere al tavolo accanto a tre passi da lui, gli vennero in mente questi racconti di vittorie facili, di viaggi in montagna, e il pensiero seducente di una veloce, fugace relazione, di una storia con una donna sconosciuta che non conosci per nome e cognome d'un tratto s'impadronì di lui.

Con tenerezza attirò a sé lo spitz e, quando quello gli si avvicinò, lui lo minacciò con il dito. Lo spitz si mise a ringhiare. Gurov lo minacciò di nuovo.

La dama gli lanciò un'occhiata e subito abbassò gli occhi.

«Non morde» disse lei e arrossì.

«Posso dargli un osso?» E quando lei accennò di sì con la testa, lui domandò beneducatamente: «È da molto che siete arrivata a Âlta?»

«Quattro-cinque giorni».

«Io invece è già la seconda settimana che mi trascino qui».

Rimasero in silenzio per un po'.

«Il tempo passa in fretta, ma invece qui è una tale noia!» disse lei senza guardarlo.

«È solo di moda dire che qui ci s'annoia. Uno se ne vive chissà dove a Belëv o a Žizdra e non s'annoia, poi arriva qui: "Ah, che noia! Ah, che polvere!" Manco venisse da Granada».

Lei si mise a ridere. Poi continuarono tutti e due a mangiare in silenzio, come sconosciuti; ma dopo pranzo s'incamminarono insieme – e iniziò un discorso scherzoso, leggero di persone libere, soddisfatte, per le quali era tutto lo stesso, dove andare, di cosa parlare. Passeggiavano e parlavano della luce strana che aveva il mare; l'acqua era di un colore lilla, così soffice e tiepido, e dalla luna le scorreva sopra una striscia d'oro. Parlavano di com'era afoso dopo il caldo del giorno. Gurov raccontava che era di Mosca, laureato in lettere, ma impiegato di banca; che aveva provato a prepararsi tempo fa per entrare in un teatro d'opera, ma aveva mollato, che aveva due case a Mosca... E da lei seppe che era cresciuta a Pietroburgo, ma che si era sposata a S. dove abitava da due anni, che sarebbe rimasta a Âlta ancora un mesetto, e che magari l'avrebbe raggiunta il marito, che pure aveva voglia di vacanza. Non sapeva proprio spiegare dove lavorava suo marito, – alla giunta del governatorato o al consiglio di zemstvo del governatorato, e questo la faceva ridere anche a lei. E Gurov scoprì anche che si chiamava Anna Sergéevna.

Poi in camera pensava a lei, al fatto che probabilmente domani lei lo avrebbe incontrato. Così doveva essere. Andando a letto, gli venne in mente che non molto tempo prima lei era stata scolara allo stesso modo in cui era adesso sua figlia, gli venne in mente quanta mancanza di coraggio, angolosità c'era nel suo sorriso, nella conversazione con uno sconosciuto, – doveva essere la prima volta in vita sua che era sola, in una situazione in cui le vanno dietro, la osservano e parlano con lei con un secondo fine ben preciso, che lei non poteva non intuire. Gli vennero in mente il collo sottile, delicato, gli occhi belli, grigi.

«Eppure c'è qualcosa di pietoso in lei» pensò e si addormentò.

II

Era passata una settimana dal loro primo incontro. Era un giorno di festa. Nelle stanze c'era afa, e per le vie c'era un vortice di polvere, portava via i cappelli. Tutto il giorno si aveva sete, e Gurov spesso faceva un salto nel *pavillon* e offriva ad Anna Sergéevna ora acqua con lo sciroppo ora gelato. Non si sapeva dove andare.

La sera, quando si acquietò un po', andarono sul molo a vedere l'arrivo del piroscafo. All'imbarcadero c'erano tante persone venute a fare due passi; erano lì a prendere qualcuno, avevano mazzi di fiori. E qui saltavano chiaramente all'occhio due caratteristiche della folla elegante di Âlta: le dame mature erano vestite da giovani e c'erano tanti generali.

A causa del mare agitato il piroscafo arrivò tardi, quando il sole era già tramontato e, prima di attraccare al molo, si rigirò a lungo. Anna Sergéevna guardava attraverso la lorgnette il piroscafo e i passeggeri come cercasse qualche conoscenza, e quando si rivolgeva a Gurov, le brillavano gli occhi. Parlava tanto, faceva domande sconnesse, e lei stessa subito dimenticava cosa aveva domandato; poi in mezzo alla folla perse la lorgnette.

Si disperse la folla elegante, non si vedeva più nessuno, il vento si calmò del tutto, ma Gurov e Anna Sergéevna continuavano a stare lì, come se stessero aspettando che qualcuno ancora scendesse dal piroscafo. Anna Sergéevna era ormai taciturna e annusava i fiori, senza guardare Gurov.

«Con la sera il tempo è migliorato» disse lui. «Dove andiamo adesso? Non è il caso che andiamo da qualche parte?».

Lei non rispose nulla.

Allora la guardò attentamente e all'improvviso l'abbracciò e la baciò sulle labbra, e fu avvolto dal profumo e dall'umidità dei fiori, e subito si guardò intorno spaventato: qualcuno lo aveva visto?

«Andiamo da lei... » disse Gurov con voce tranquilla.

E i due s'incamminarono in fretta.

Nella camera di lei era afoso, c'era odore del profumo che lei aveva comprato in un negozio giapponese. Gurov, guardandola adesso, pensava: «Nella vita ne càpitano di incontri!» Dal passato gli era rimasto il ricordo di donne spensierate, di buon cuore, allegre d'amore, grate a lui per la felicità, anche se molto breve; e di quelle – come ad esempio sua moglie – che amavano senza sincerità, con discorsi superflui, con manierismo, con isteria, con un'espressione come se quello non fosse amore, non fosse passione, ma qualcosa di più significativo; e di due o tre di questo genere, molto belle, fredde, sul cui volto balenava d'un tratto un'espressione rapace, il desiderio ostinato di prendere, di arraffare alla vita più di quanto possa dare, e queste erano donne non nella prima giovinezza, capricciose, che non ragionavano, autoritarie, donne poco intelligenti, e quando Gurov si raffreddava verso di loro, la loro bellezza suscitava in lui odio e i pizzi della loro biancheria gli sembravano simili a squame.

Ma qui sempre quella stessa timidezza, l'angolosità della giovinezza inesperta, un senso di disagio; e c'era un'impressione di smarrimento, come se qualcuno d'un tratto bussasse alla porta. Anna Sergéevna, questa «dama col cagnolino», a quello che era successo reagì in modo particolare, molto serio, come alla propria caduta, così sembrava, e questo era strano e inappropriato. I tratti del viso le si abbassarono, appassirono, e i lunghi capelli pendevano malinconici di lato, lei si perse nei pensieri in una posa triste, come la peccatrice in un quadro antico.

«Non è bene» disse. «Ora lei sarà il primo a non rispettarmi».

Sul tavolo della camera c'era un'anguria. Gurov se ne tagliò una fetta e si mise a mangiarla piano.

Passò, almeno, una mezz'ora in silenzio.

Anna Sergéevna era toccante, da lei si promanava la purezza di una donna perbene, ingenua, poco vissuta; la candela solitaria accesa sul tavolo le illuminava appena il volto, ma si vedeva che dentro soffriva.

«Per quale ragione dovrei smettere di rispettarti?» domandò Gurov. «Non sai nemmeno tu quello che dici».

«Che Dio mi perdoni!» disse lei e gli occhi le si riempirono di lacrime. «È orribile».

«Sembra che stia cercando di giustificarti».

«Come riuscirei a giustificarmi? Sono una donna cattiva, vile, disprezzo me stessa, e a giustificarmi non ci penso neanche. Non ho tradito mio marito, ho tradito me stessa. E non solo ora mi tradisco, ma da tempo. Mio marito sarà anche un uomo onesto, buono, ma comunque è un lacchè. Non so cosa fa lì dove lavora, so solo che è un lacchè. Quando mi sono sposata con lui avevo vent'anni, mi tormentava la curiosità, volevo qualcosa di meglio; dopotutto, dicevo a me stessa, c'è un'altra vita. Avevo voglia di vivere! Vivere e vivere... La curiosità mi bruciava... lei non lo capisce, ma, giuro su Dio, non riuscivo più a controllarmi, mi era successo qualcosa, non potevo trattenermi, ho detto a mio marito che ero malata e sono venuta qui... e qui continuavo a passeggiare come inebriata, come una pazza... e così sono diventata una donna andante, schifosa, che tutti possono disprezzare».

Gurov si stava già annoiando ad ascoltare, lo irritava il tono ingenuo, questo pentimento, così inaspettato e fuori luogo; se non avesse avuto le lacrime agli occhi, si sarebbe potuto pensare che stesse scherzando o recitando una parte.

«Non capisco» disse lui piano «Ma cosa vuoi?»

Lei gli nascose il volto nel petto e si strinse a lui.

«Creda, mi creda, la supplico... » disse lei. «Mi piace la vita onesta, pulita, e il peccato mi fa schifo, io stessa non so quello che faccio. La gente semplice dice: è il maligno che mi ha tentato. E anch'io adesso posso dire di me stessa che mi ha tentato il maligno».

«Basta, basta... » mormorò lui.

Lui la guardò nei suoi occhi immobili, spaventati, la baciava, parlava piano e dolcemente, e lei poco a poco si calmò, e le tornò l'allegria; tutti e due cominciarono a ridere.

Poi, quando uscirono, non c'era un'anima sul lungomare, la città con i suoi cipressi aveva un aspetto del tutto morto, ma il mare ancora faceva rumore e batteva contro la riva; una lancia dondolava sulle onde, e su di essa tremolava sonnolenta una lanterna.

Trovarono un cocchiere e andarono a Oreanda.

«Ora, giù, nell'atrio ho scoperto il tuo cognome: sul quadro era scritto von Dideritz» disse Gurov. «Tuo marito è tedesco?».

«No, dicono che suo nonno fosse tedesco, ma lui è ortodosso».

A Oreanda erano seduti su una panchina, vicino alla chiesa, guardavano giù verso il mare in silenzio. Âlta era appena visibile attraverso la nebbia del mattino, in cima alle montagne nuvole bianche stavano immobili. Le foglie non si muovevano sugli alberi, cantavano le cicale, e il monotono, sordo rumore del mare, proveniente dal basso, parlava della calma, del sonno eterno che ci aspetta. Sciabordava così là sotto, quando non c'erano ancora né Âlta, né Oreanda, ora sciaborda e sciaborderà altrettanto indifferente e sordo quando noi non ci saremo. E in questa costanza, nella piena indifferenza verso la vita e la morte di ognuno di noi si nasconde, può essere, il pegno della nostra salvezza eterna, il movimento ininterrotto della vita sulla terra, della perfezione ininterrotta. Seduto accanto a una giovane donna, che all'alba sembrava così bella, tranquillo e incantato alla vista di questa atmosfera da fiaba – mare, montagne, nuvole, cielo largo, Gurov pensava al fatto che in sostanza, se ci si pensa, tutto è bellissimo in questo mondo, tutto tranne quello che noi stessi pensiamo e facciamo, quando ci dimentichiamo dei fini superiori dell'esistenza, della nostra dignità umana.

Si avvicinò un uomo, doveva essere un guardiano, li guardò e se ne andò. E questo dettaglio sembrò così misterioso e anche bello. Si vedeva venire il piroscafo da Feodosia, illuminato dall'alba del mattino, già senza luci.

«C'è la rugiada sull'erba» disse Anna Sergéevna dopo il silenzio.

«Sì. È tempo di tornare a casa».

Tornarono in città.

Poi, ogni mezzogiorno si incontravano sul lungomare, facevano colazione insieme, pranzavano, camminavano, ammiravano il mare. Lei si lamentava del fatto che dormiva male e che il suo cuore batteva ansioso, poneva le stesse domande turbata ora dalla gelosia ora dalla paura che lui non avesse abbastanza stima per lei. E spesso nello spiazzo o nel giardino, quando vicino a loro non c'era nessuno, lui all'improvviso la attirava a sé e la baciava con passione. Un ozio perfetto, questi baci in mezzo al bianco del giorno[1], con circospezione e paura d'essere visti, il caldo, l'odore del mare e il continuo balenare davanti agli occhi di persone oziose, eleganti, sazie lo avevano come rigenerato; lui parlava ad Anna Sergéevna di come lei era buona, seducente, e lui era sfrenatamente

---

[1] Confidiamo che il lettore italiano capisca questo modo di dire slavo

appassionato, non si allontanava da lei neanche un passo, e lei spesso sprofondava nei pensieri e gli chiedeva di continuo di confessare che lui non aveva stima per lei, non l'amava per niente, ma vedeva in lei solo una donna andante. Quasi ogni sera un po' più tardi andavano fuori città, a Oreanda o alla cascata; e la passeggiata riusciva bene, le impressioni ogni volta invariabilmente erano bellissime, maestose.

Aspettavano l'arrivo del marito. Ma arrivò da lui una lettera in cui lui faceva sapere che gli facevano male gli occhi, e pregava la moglie di tornare a casa presto. Anna Sergéevna si affrettò.

«È una cosa buona che io parta» disse a Gurov. «È proprio il destino».

Lei andò in carrozza e lui l'accompagnò. Viaggiarono tutto il giorno. Quando salì sulla carrozza del treno espresso e quando suonò il secondo campanello, lei disse:

«Permetta, vorrei guardarla ancora... Guardarla ancora una volta. Ecco così».

Non piangeva, però era malinconica, come malata, e le tremava il viso.

«Penserò a lei... la ricorderò» diceva lei. «Che il Signore sia con lei, che rimane. Non serbi rancore. Ci salutiamo per sempre, così deve essere, perché non ci saremmo dovuti nemmeno incontrare. Ebbene, che il Signore sia con lei».

Il treno partì velocemente, le sue luci presto scomparirono, e dopo un minuto non si sentiva più il rumore, come se tutto fosse fatto apposta per mettere subito fine a questo dolce delirio, a questa follia. E, rimasto solo sul marciapiede e guardando nel buio lontano, Gurov ascoltava il canto dei grilli e il ronzio dei cavi del telegrafo con la sensazione di essersi appena svegliato. E pensava che nella sua vita aveva avuto un'avventura o una storia in più, e adesso anche questa era finita, e ora rimaneva il ricordo... Era commosso, triste e sentiva un leggero rimorso; perché questa giovane donna, con cui non si sarebbe più visto, non era stata felice con lui; era stato molto gentile con lei e cordiale, ma quando si rivolgeva a lei, nel suo tono e nelle sue carezze, traspariva l'ombra di una leggera derisione, l'arroganza rozza di un uomo felice che per di più aveva quasi il doppio della sua età. Tutto il tempo lei gli diceva che era buono, straordinario, sublime; ovviamente, lui non le era sembrato com'era davvero, quindi, involontariamente l'aveva imbrogliata...

Qui alla stazione si sentiva già l'odore dell'autunno, la sera era fresca.

«È ora che vada a nord anch'io» pensava Gurov, andando via dal marciapiede. «È ora!»

III

A casa a Mosca tutto era già come in inverno, erano accese le stufe, e la mattina, quando i ragazzini si ritrovavano al ginnasio e bevevano il tè, era buio, e la nânâ aveva acceso il fuoco da poco. Erano già iniziati i geli. Quando viene la prima neve, il primo giorno che si va in slitta, fa piacere vedere la terra bianca, i tetti bianchi, si respira dolcemente, bene, e in questo momento vengono in mente gli anni dell'adolescenza. I vecchi tigli e le vecchie betulle, bianchi di brina, hanno un'espressione bonaria, sono più vicini al cuore di cipressi e palme, e vicino a loro non si ha più voglia di pensare alle montagne e al mare.

Gurov era moscovita, tornò a Mosca in una giornata bella, gelida, e quando si mise la pelliccia e i guanti pesanti e quando s'incamminò lungo la Petrovka, e quando il sabato sera sentì il suono delle campane, il recente viaggio e i posti in cui era stato persero per lui tutto l'incanto. A poco a poco s'immerse nella vita moscovita, con avidità ormai leggeva tre giornali ogni giorno e diceva che i giornali moscoviti non li leggeva per principio. Era ormai attirato dai ristoranti, dai circoli, dai pranzi, dai compleanni, e ormai si sentiva lusingato che venissero da lui avvocati e artisti famosi e che al circolo dei medici lui giocava a carte con un professore. Ormai poteva mangiare un'intera porzione di *selânka na skorovodke*[2]...

---

[2] Minestra densa usata sia a pranzo sia come colazione, contenente cipolla, burro, cavolo, farina, carne, decorata con cetrioli.

Passerà qualche mese e Anna Sergéevna, gli sembrava, si coprirà di nebbia nella sua memoria e solo occasionalmente gli apparirà in sogno con un sorriso toccante, come apparivano in sogno le altre. Ma passò più di un mese, iniziò l'inverno profondo, e nella memoria tutto era così chiaro, come se avesse dato l'addio ad Anna Sergéevna solo ieri. E i ricordi brillavano sempre più forte. Se arrivavano nel silenzio della sera al suo studio le voci dei bambini che avevano finito i compiti, se sentiva una romanza o l'organetto in un ristorante, o se ululava nel camino una bufera di neve, così improvvisamente gli risorgeva in mente tutto: sia quello che era successo sul molo, sia il mattino presto con la nebbia sulle montagne, sia il piroscafo di Feodosia, sia i baci. A lungo camminava per la stanza e si ricordava e sorrideva, e poi i ricordi si trasformavano in sogni, e il passato nella fantasia si mescolava con quello che sarebbe successo. Anna Sergéevna non gli appariva in sogno, ma gli andava dietro ovunque, come un'ombra, e lo seguiva. Coprendo gli occhi la vedeva come se fosse viva, e gli sembrava più bella, più giovane, più delicata di com'era; e gli sembrava che lui stesso fosse migliore di come era allora, a Âlta. La sera lei lo guardava dalla libreria, dal camino, dall'angolo, lui sentiva il respiro di Anna, il tenero fruscio dei suoi vestiti. Per strada accompagnava le donne con lo sguardo, alla ricerca di una che le assomigliasse...

E ormai era afflitto dal forte desiderio di condividere con qualcuno i suoi ricordi. Ma a casa non poteva parlare del suo amore, e fuori casa non c'era nessuno. Non con i vicini e nemmeno in banca. E di che cosa parlare? Quindi la amava veramente? Veramente c'era qualcosa di bello, poetico, o istruttivo, o soltanto interessante nei suoi rapporti con Anna Sergéevna? E gli toccava parlare vagamente dell'amore, delle donne, e nessuno indovinava di cosa si trattasse, e solo la moglie muoveva le sue sopracciglia scure e diceva:

«Il ruolo del viveur non ti si addice per niente, Dimitrij».

Una sera mentre usciva dal circolo dei medici con il suo partner, funzionario, non poté resistere e disse:

«Se lei potesse sapere quanto era affascinante la donna che ho conosciuto a Âlta!».

Il funzionario salì sulla slitta e partì, ma improvvisamente si voltò e chiamò:

«Dmitrij Dmitrič !».

«Che cosa?»

«Aveva ragione prima: lo storione aveva un odorino così così!».

Queste parole, così consuete, chissà perché d'un tratto sconvolsero Gurov, gli sembravano degradanti, impure. Che costumi selvaggi, che gente! Che serate senza senso, che giornate poco interessanti, insignificanti! La smania del giocare a carte, la golosità, l'ubriachezza, le conversazioni continue tutte sulla stessa cosa. Le faccende e le conversazioni inutili tutte sulla stessa cosa occupano la parte migliore del tempo, le forze migliori, e alla fine rimane una sorta di vita monca, senza ali, una sciocchezza, e andarsene e fuggire non si può, come se fossi rinchiuso in manicomio o in arresto!

Gurov non dormì tutta la notte ed era sconvolto e poi passò tutto il giorno con il mal di testa. Anche le notti dopo dormì male, sempre seduto sul letto pensava o camminava da un angolo all'altro. I ragazzini lo annoiavano, la banca lo annoiava, non voleva andare da nessuna parte, parlare di niente.

A dicembre durante le vacanze si accingeva a partire e disse a sua moglie che sarebbe partito per Pietroburgo per adoperarsi per un giovane, e partì per S. Perché? Non lo sapeva bene neanche lui. Aveva voglia di vedersi con Anna Sergéevna e di parlare, di organizzare un appuntamento, se era possibile.

Arrivò a S. di mattina e prese in albergo la camera migliore, dove tutto il pavimento era coperto con un panno grigio militare e sul tavolo c'era un calamaio grigio di polvere, con il cavaliere a cavallo che aveva il braccio alzato col cappello, e senza testa. Il portiere gli diede le informazioni necessarie: von Dideritz abita in via Staro-Gončarnaâ, in una casa di proprietà – è vicino all'albergo, vive bene, da ricco, ha i cavalli suoi, in città lo conoscono tutti. Il portiere pronunciava così: Drydyritz.

Gurov s'incamminò lentamente verso via Staro-Gončarnaâ, trovò la casa. Proprio di fronte alla casa si estendeva il recinto, grigio, lungo, con i chiodi.

«Da un recinto così ti viene da scappare» pensava Gurov guardando ora le finestre ora il recinto.

Ragionava: oggi è festivo, e il marito, è verosimile, è a casa. In ogni caso, sarebbe maleducato entrare in casa e disturbare. Se invece invio una nota scritta, potrebbe cadere nelle mani del marito e così si potrebbe rovinare tutto. È meglio affidarsi al caso. E continuava a camminare per la via e intorno al recinto e ad aspettare questo caso. Vide che nel portone entrò un mendicante e lo assalirono i cani, poi, un'ora dopo, sentì che qualcuno suonava il pianoforte e le note arrivavano deboli, incerte. Doveva essere Anna Sergéevna a suonare. D'un tratto si aprì la porta principale e ne uscì una vecchietta, e le correva dietro lo spitz bianco che lui conosceva. Gurov voleva chiamare il cane, ma d'un tratto gli si mise a battere forte il cuore, e dall'emozione non riusciva a ricordarsi come si chiamava lo spitz.

Camminava e detestava sempre di più il recinto grigio e già pensava irritato che Anna Sergéevna lo avesse dimenticato e che, magari, si stava già distraendo con un altro, ed è così naturale nella situazione di una giovane donna costretta dal mattino alla sera a vedere questo maledetto recinto. Ritornò in camera e a lungo sedette sul divano, senza sapere cosa fare, poi pranzò, poi dormì a lungo.

«Com'è stupido e disturbante tutto questo» pensava lui svegliandosi e guardando le finestre scure; era già sera. «Chissà perché ho dormito. Adesso cosa farò stasera?».

Era seduto sul letto, con una coperta grigia, da quattro soldi, come quelle dell'ospedale, e si prendeva in giro con stizza:

«Eccotela la dama con il cagnolino... Eccotela l'avventura... Ti sta bene».

Già dal mattino, alla stazione, gli era saltato agli occhi un cartellone a caratteri cubitali: davano la prima della *Madama Butterfly*. Se ne ricordò e andò al teatro.

«È possibilissimo che lei alle prime ci vada» pensò lui.

Il teatro era pieno. E qui, come in generale in tutti i teatri di provincia, c'era la nebbia sopra i lampadari, la galleria era rumorosamente animata; in prima fila prima dell'inizio dello spettacolo c'erano gli elegantoni locali, le braccia dietro la schiena; e qui, nel palco del governatore, al primo posto era seduta la figlia del governatore con il boa, mentre il governatore stesso era modestamente nascosto dietro la portiera, ed erano visibili solo le sue mani; il sipario ondeggiava, l'orchestra continuava ad accordarsi. Per tutto il tempo che il pubblico entrava e prendeva posto, Gurov cercava avidamente con gli occhi.

Entrò anche Anna Sergéevna. Si sedette in terza fila, e quando Gurov la vide, il cuore gli si strinse, e capì chiaramente che per lui ora in tutto il mondo non c'era persona più vicina, più cara e più importante; lei, persa nella folla provinciale, questa donna piccola, per niente notevole, con una volgare lorgnette in mano, ora riempiva tutta la sua vita, era il suo dolore, la sua gioia, l'unica felicità, che lui ora desiderava per sé; e al suono dell'orchestra scadente, dei pessimi violini piccoloborghesi, lui pensava a come lei era buona. Pensava e sognava.

Insieme a Anna Sergéevna entrò e si sedette accanto un giovane con piccole basette, molto alto, ingobbito; a ogni passo scuoteva la testa, e sembrava che si stesse costantemente inchinando.

Probabilmente era il marito a cui lei a Âlta in un accesso di sentimento amaro aveva dato del lacchè. E in effetti, nella sua figura slanciata, nelle basette, nella sua lieve calvizie c'era qualcosa di servilmente modesto, lui sorrideva dolcemente, e all'occhiello gli brillava un distintivo accademico, quasi il numero di distintivo di un cameriere.

Nel primo entracte il marito andò a fumare, lei rimase seduta. Gurov, che sedeva nel parterre anche lui, le si avvicinò e disse con voce tremante, con un sorriso sforzato:

«Buonasera».

Lei lo guardò e diventò pallida, poi ancora una volta lo guardò con orrore, senza credere ai propri occhi, e con forza strinse in mano il ventaglio e la lorgnette insieme, nell'evidente sforzo di non svenire. Entrambi erano in silenzio. Lei era seduta, lui era in piedi spaventato dalla confusione di lei, senza decidersi a sederlesi accanto. Violini e flauti si misero ad accordarsi, ebbe improvvisamente paura, sembrava che da tutti i palchi li guardassero. Ma lei si alzò e velocemente s'incamminò verso l'uscita; lui la seguì ed entrambi camminavano in modo insensato, lungo corridoi, scale, salendo, scendendo, e svolazzavano davanti ai loro occhi persone in uniforme da giudici, maestri e impiegati pubblici, e sempre col distintivo; balenavano le donne, le pellicce appese, c'era corrente, passava l'odore dei mozziconi. E Gurov, a cui batteva forte il cuore, pensava:

«Oh Dio! E a che cosa servono queste persone, questa orchestra...»

E in questo momento lui si ricordò improvvisamente, che quella sera in stazione, dopo aver accompagnato Anna Sergéevna si era detto che tutto era finito e che non si sarebbero mai visti. E invece mancava ancora tanto ad arrivare alla fine!

Sulla scala stretta, scura dove c'era scritto «Entrata all'anfiteatro» lei si fermò.

«Come mi ha spaventato!» disse lei col respiro pesante, ancora pallida, sbigottita. «O, come mi ha spaventato! Sono sì e no viva. Perché è venuto? Perché?

«Ma, capisca Anna, capisca... » disse lui sottovoce, lentamente. «La supplico, capisca...»

Lei lo guardava con paura, con un'aria di supplica, con amore, lo guardava intensamente per ritenere nella memoria i suoi tratti.

«Soffro tantissimo!» continuava lei senza ascoltarlo. «Tutto il tempo pensavo solo a lei, ho vissuto dei pensieri su di lei. E volevo dimenticare, dimenticare, ma perché, perché è venuto?

Più in alto, su un pianerottolo, due ginnasiali fumavano e guardavano verso il basso, ma a Gurov non importava, lui avvicinò a sé Anna Sergéevna e cominciò a baciarle il viso, le guance, le mani.

«Cosa sta facendo, cosa sta facendo!» diceva lei terrorizzata, allontanandolo da sé. «Noi due siamo impazziti. Parta già oggi, parta adesso... La supplico su tutto ciò che è sacro, la prego... Viene gente!

Dalla scala in basso qualcuno entrò.

«Deve andare via... » continuava Anna Sergéevna sussurrando. Mi sente

Dmitrij Dmitrič? Verrò io da lei a Mosca. Non sono mai stata felice, adesso sono infelice e mai, mai sarò felice, mai! Non mi costringa a soffrire ancora di più! Giuro, verrò a Mosca. Adesso però separiamoci! Mio caro, buono, dolce mio, separiamoci!

Lei gli diede la mano e iniziò a scendere velocemente, continuando a girarsi per guardarlo, e dai suoi occhi si vedeva che lei davvero non era felice. Gurov rimase un po', in ascolto, e poi, quando tutto si acquietò, trovò il suo attaccapanni e uscì dal teatro.

IV

E Anna Sergéevna iniziò a venire da lui a Mosca. Una volta ogni due-tre mesi lei partiva da S. e diceva al marito che andava a consultarsi con un professore riguardo a una sua malattia femminile, – e il marito ci credeva e non ci credeva. Arrivata a Mosca, lei si fermava allo *Slavânskij bazar* e subito mandava a Gurov un uomo con un cappello rosso. Gurov andava da lei e nessuno a Mosca ne sapeva nulla.

Una volta lui andò da lei una mattina d'inverno (il messaggero era andato da lui la sera prima e non lo aveva trovato). Con lui venne anche sua figlia che lui doveva portare al ginnasio, che era lungo la strada. La neve era abbondante e bagnata.

«Adesso ci sono tre gradi sopra lo zero, ma comunque nevica» diceva Gurov a sua figlia. «Ma, fa caldo solo sulla superficie della terra, mentre negli strati più alti dell'atmosfera c'è una temperatura completamente diversa.

«Papà, e perché nell'inverno non ci sono tuoni?

Le spiegò anche quello. Lui parlava e pensava al fatto che stava andando a un appuntamento e non un'anima viva lo sapeva e probabilmente, non l'avrebbe mai saputo. Lui aveva due vite: una evidente, di cui vedevano e sapevano tutto quelli a cui era necessario, piena di verità convenzionale e di inganno convenzionale, del tutto simile alla vita dei suoi conoscenti e amici, e l'altra che scorreva di nascosto. E per qualche strana combinazione di circostanze, forse casuale, tutto ciò che per lui era importante, interessante, necessario, in cui lui era sincero e non ingannava sé stesso, che costituiva il nucleo della sua vita, avveniva in segreto dagli altri, invece tutto quello che era falso, il suo guscio in cui lui si nascondeva per nascondere la verità, come, ad esempio, il suo lavoro in banca, le discussioni nel circolo, la sua "razza inferiore", l'andare con sua moglie agli anniversari – tutto questo era evidente. E sulla base di sé stesso, lui giudicava gli altri, non credeva a quello che vedeva, e sempre supponeva che ogni persona sotto il manto del segreto, come sotto il manto della notte, sccoreva la sua vera e la più interessante vita. Ogni esistenza personale si regge sul segreto, e forse, in parte per questo motivo un uomo colto così nervosamente insiste perché venga rispettato il segreto personale.

Dopo aver portato la figlia a scuola, Gurov si diresse verso lo *Slavânskij bazar*. Si tolse la pelliccia dabasso, salì al piano di sopra e bussò piano alla porta. Anna Sergéevna, vestita con l'abito grigio che lui preferiva, sfinita per il viaggio e per aver aspettato, lo aspettava da ieri sera; era pallida, lo guardava e non sorrideva, e non fece in tempo a entrare, che lei si strinse già al suo petto. Come se non si vedessero da due anni, il loro bacio era lungo, prolungato.

«Allora, come va la tua vita lì?» chiese lui. «Cosa c'è di nuovo?».

«Aspetta un po', adesso ti dico... Non riesco».

Non riusciva a parlare perché piangeva. Si allontanò da lui e premette il fazzoletto agli occhi.

«Mah, lasciamola piangere, intanto io mi siedo» pensò lui e si sedette sulla poltrona.

Poi telefonò e disse di portargli il tè; e poi, mentre beveva il tè lei continuava a stare in piedi, girata verso la finestra... Piangeva dall'emozione, dalla dolorosa consapevolezza che la loro vita si era sviluppata in modo così triste; si vedono solo in segreto, si nascondono dalle persone, come ladri! Non è vero che la loro vita è in frantumi?

«Dai, basta!» disse lui.

A lui era evidente che questo loro amore non sarebbe finito presto, non si sapeva quando. Anna Sergéevna si era legata a lui sempre più forte, lo adorava, e sarebbe stato impensabile dirle che tutto questo doveva avere a un certo punto fine; poi lei non ci avrebbe neanche creduto.

Si avvicinò a lei e la prese per le spalle per accarezzarla, per scherzare un po', e in questo momento si vide allo specchio.

La sua testa già cominciava a incanutire. E gli sembrava strano di essere così invecchiato in questi ultimi anni, di essere diventato così brutto. Le spalle su cui poggiavano le sue mani erano calde e tremavano. Sentì compassione per questa vita, ancora così calda e bella, ma, probabilmente, già vicina a cominciare a sbiadire e ad appassire, come la propria vita. Perché lei lo ama così? Sembrava sempre alle donne diverso da come era, e loro amavano in lui non lui stesso ma l'uomo che aveva creato la loro immaginazione e che loro nella vita avidamente cercavano; e poi, quando notavano il loro errore lo amavano lo stesso. E neanche una di queste era felice con lui. Il tempo passava, lui faceva conoscenza, si metteva insieme, si separava, ma neanche una volta amava; era tutto tranne che amore.

E solo adesso che la sua testa era diventata grigia, lui amava sul serio – davvero per la prima volta nella vita.

Anna Sergéevna e lui si amavano come persone molto vicine, dello stesso sangue, come marito e moglie, come amici teneri; gli sembrava che il destino stesso avesse predestinato uno per l'altra, e non era chiaro perché si era sposato lui e perché lo aveva fatto lei; e sembravano due uccelli migratori, un maschio e una femmina, catturati e costretti a vivere in gabbie separate. Si perdonavano a vicenda ciò di cui si vergognavano nel loro passato, perdonavano tutto nel presente, e sentivano che questa loro amore li aveva cambiati entrambi.

Prima, nei momenti tristi, lui si calmava con un ragionamento qualsiasi, che gli veniva in mente, ora invece non aveva voglia di ragionamento, lui sentiva una profonda sofferenza comune, voleva essere sincero, tenero...

«Basta mia buona» diceva lui. «Hai pianto e va bene... Ora dai che parliamo un po', che pensiamo a cosa fare».

Poi continuavano a darsi consigli, parlavano di come liberarsi della necessità di nascondersi, di ingannare, di vivere in città diverse, di non vedersi per periodi lunghi. Come liberarsi da questi lacci intollerabili?

«Come? Come?» domandava lui tenendosi per la testa. «Come?»

E sembrava che mancasse poco – e che la soluzione sarebbe stata trovata, e allora avrebbe cominciata una nuova, bellissima vita; e a entrambi era chiaro che la fine era ancora lontano-lontano e che la cosa più complessa e difficile cominciava solo adesso.

Postfazione

«Gurov raccontava che era di Mosca, laureato in lettere, ma impiegato di banca; che aveva provato a prepararsi tempo fa per entrare in un teatro d'opera, ma aveva mollato, che aveva due case a Mosca...»

Come si vede da questo brano, Čehov riesce con poche parole a sintetizzare un'intera situazione, a esprimere varie premesse che nel corso della narrazione diventano – il lettore scopre a poco a poco – fondamentali per capire la poetica di questo racconto.

Come spesso accade in Čehov, uno dei motivi è il rapporto tra natura e cultura, tra bestialità e umanità. Quest'ultimo confine a volte è assai labile, come quando il protagonista, quasi in reazione alla disperazione di Anna Sergéevna, ha un comportamento insensibile che lo accomuna più a un animale inferiore che a un uomo:

«"Non è bene" disse. "Ora lei sarà il primo a non rispettarmi".

Sul tavolo della camera c'era un'anguria. Gurov se ne tagliò una fetta e si mise a mangiarla piano.

Passò, almeno, una mezz'ora in silenzio».

Anche in quest'altra scena Gurov dimostra cinismo e indifferenza verso il dolore di lei. Il simbolo di questo cinismo anche in questo caso è un alimento:

«Non riusciva a parlare, perché piangeva. Si girò dall'altra parte e si premette il fazzoletto sugli occhi.

"Mah, lasciamola piangere, intanto io mi siedo" pensò lui e si sedette sulla poltrona.

Poi telefonò e disse di portargli il tè; e poi, mentre beveva il tè lei continuava a stare in piedi, girata verso la finestra...»

Altrove, la donna è vista nel contempo come un animale rapace e ingordo e come una preda e questa metafora della "caccia" si svela anche quando succede che all'improvviso, una volta che la pulsione erotica viene meno, il corpo della donna risulta coperto di squame, come un pesce:

«due o tre di questo genere, molto belle, fredde, sul cui volto balenava d'un tratto un'espressione rapace, il desiderio ostinato di prendere, di arraffare alla vita più di quanto possa dare, e queste erano donne non nella prima giovinezza, capricciose, che non ragionavano, autoritarie, donne poco intelligenti, e quando Gurov si raffreddava verso di loro, la loro bellezza suscitava in lui odio e i pizzi della loro biancheria gli sembravano simili a squame».

Non è un caso che sia proprio la biancheria intima a trasformarsi in squame: è quella che simboleggia il tradimento della fedeltà coniugale.

Il cinismo di Gurov lo spinge anche a proiettare su Anna Sergéevna i propri sentimenti: è inconcepibile per lui che una persona possa soffrire per un banale tradimento e vorrebbe attribuire alla donna una posa teatrale:

«Gurov si stava già annoiando ad ascoltare, lo irritava il tono ingenuo, questo pentimento, così inaspettato e fuori luogo; se lei non avesse avuto le lacrime agli occhi, si sarebbe potuto pensare che stesse scherzando o recitando una parte. "Non capisco" disse lui piano "Ma cosa vuoi?"»

Ma non può farlo perché è evidente che Anna Sergéevna è autentica nella sua sofferenza. In questo modo Anna Sergéevna riesce – nell'arco del racconto – a cambiare Gùrov e il suo atteggiamento verso le donne.

«Perdonavano uno all'altra ciò di cui si vergognavano del loro passato, perdonavano tutto del presente, e sentivano che questo loro amore li aveva cambiati entrambi».

D'altra parte l'ambiente di Âlta sembra fatto apposta per lasciarsi andare al soddisfacimento di pulsioni primarie: in questo è utile anche la presenza di turisti sazi, un aggettivo fondamentale nella visione del mondo cehoviana:

«Un ozio perfetto, questi baci in mezzo al bianco del giorno, con circospezione e paura d'essere visti, il caldo, l'odore del mare e il continuo balenare davanti agli occhi di persone oziose, eleganti, sazie lo avevano come rigenerato».

In certi passi la voracità e la golosità – l'oralità – vengono apertamente contrapposte ai sentimenti, come qui, dove al dramma dell'amore impossibile si sovrappone il dramma della sua incomunicabilità, perché Gurov si ritrova circondato da

persone che vivono l'intera loro vita
ruotando intorno al cibo:

«E ormai era afflitto dal forte
desiderio di condividere con qualcuno
i suoi ricordi. Ma a casa non poteva
parlare del suo amore, e fuori casa non
c'era nessuno. Non con i vicini e
nemmeno in banca. E di che cosa
parlare? Quindi la amava veramente?
[...] "Se lei potesse sapere quanto era
affascinante la donna che ho
conosciuto a Âlta!". Il funzionario salì
sulla slitta e partì, ma
improvvisamente si voltò e chiamò:

"Dmitrij Dmitrič!" "Che cosa?"
"Aveva ragione prima: lo storione

aveva un odorino così così!" [...] Che costumi selvaggi, che gente! Che serate senza senso, che giornate poco interessanti, insignificanti! La smania del giocare a carte, la golosità, l'ubriachezza, le conversazioni continue tutte sulla stessa cosa».

Čehov ritorna sempre sulla questione dell'incontinenza dell'uomo, si tratti di sesso, di cibo, di alcol, di gioco. Questo "paradiso artificiale" nel quale vive l' homo cehovianus è però a ben vedere – a patto di riuscire a estraniarsi dallo stato di ottundimento mentale che questo ambiente genera – una gabbia, con tanto di recinto. «[...] una sorta di vita monca, senza ali, una sciocchezza, e andarsene e fuggire non si può, come se fossi rinchiuso in manicomio o in arresto». Ecco qui che entra in gioco la metafora del recinto, che racchiude in sé tutte le altre di cui abbiamo appena parlato. Čehov descrive in dettaglio il recinto della casa di Anna Sergéevna, con i chiodi, grigio:

«Proprio di fronte alla casa si estendeva il recinto, grigio, lungo, con i chiodi. "Da un recinto così ti viene da scappare" pensava Gurov guardando ora le finestre ora il recinto. [...] continuava a camminare per la via e intorno al recinto e ad aspettare questo caso. [...] Camminava e detestava sempre di più il recinto grigio e già pensava irritato che Anna Sergéevna lo avesse dimenticato e che, magari, si stava già distraendo con un altro, ed è così naturale nella situazione di una giovane donna costretta dal mattino alla sera a vedere questo maledetto recinto».

Ci sono animali con le ali che servono a volare via, e animali che riescono a volare come vola il tacchino, come si vede anche nel finale:

«a loro sembrava che la sorte stessa avesse predestinato uno per l'altra, ed era incomprensibile perché si era sposato lui, e perché lo aveva fatto lei; e sembravano due uccelli migratori, un maschio e una femmina, catturati e costretti a vivere in gabbie separate».

Questa riflessione sulle gabbie separate rende il racconto di estrema attualità.

Bruno Osimo Sguardi rubati ; Gianpaolo Tescari
Bruno Osimo Bolle d'accompagnazione
Bruno Osimo Proposta sibillina
Bruno Osimo Ce l'hai scarico da un pezzo
Bruno Osimo Sei un vaso di fiori di campo
Bruno Osimo La scoiattola d'autunno

La fiera di Soróčinci
Memorie di un pazzo

Opere di Solženìcyn

L'arresto. Vivere e morire ai tempi dei gulag
L'istruttoria. Torture, false confessioni, gulag
Storia delle fogne russe. Ondate di deportazione in gulag
La donna in lager. Vita quotidiana nei gulag

Opere di Čechov

Dùšečka
Zio Vanja
Tre sorelle
Il gabbiano
Il giardino dei ciliegi (L'amareneto)
L'insegnante di lettere
Dama con cagnolino: racconto
Casa con mezzanino (racconto di un pittore)
Racconto della signora X
L'isola di Sachalìn
La dacia nuova
A proposito dell'amore
I mužikì
Alle feste di Natale
Per affari di servizio
Nel baratro
Tre anni
Il duello
Ionyč: racconto
L'arciereo: racconto
La sposa: racconto
Kaštanka: racconto
Ragazzi: racconto
Principessa: racconto

Opere di Tolstój

Imparare a scrivere dai bambini

80

Infanzia
Non uccidere nessuno
Non posso stare zitto Contro la pena di morte
Su ciò che viene chiamato «arte»
Il Vangelo spiegato ai bambini
Il parassitismo
Sonata «Kreutzer»
Il desiderio sessuale
Religione e morale
Perché la gente si droga?
Perché non mangio la carne

Peeter Torop Total Translation
Vlahov Florin The Translation of Realia
B., S.A. Osimo Cognitive distortion, translation distortion, and poetic distortion as semiotic shifts
Bruno Osimo On Psychological Aspects of Translation
Bruno Osimo Literary translation and terminological precision: Chekhov and his short stories
Bruno Osimo Basic notions of Translation Theory
Bruno Osimo Translation Studies. Contributions from Eastern Europe
Bruno Osimo Handbook of Translation Studies
Bruno Osimo Juri Lotman's Translation Handbook
Bruno Osimo Dictionary of Translation Studies
Bruno Osimo History of Translation
Bruno Osimo Roman Jakobson's Translation Handbook
Bruno Osimo The Translation of Culture
Bruno Osimo Prototext-metatext translation shifts
Anton Popovič La scienza della traduzione
Peeter Torop La traduzione totale
Aleksandar Lûdskanov Un approccio semiotico alla traduzione
Vlahov Florin La traduzione dei realia
Revzin Rozencvejg Manuale di semiotica della traduzione
Jiří Levý La creatività linguistica e letteraria del traduttore
Jiří Levý Stile letterario e stile traduttivo. Come si forma il traduttese
Zuzana Jettmarová Teoria ceca della traduzione
B., S.A. Osimo Distorsione cognitiva, distorsione traduttiva e distorsione poetica come cambiamenti semiotici
Bruno Osimo Manuale del traduttore di Giacomo Leopardi
Bruno Osimo Peeter Torop per la scienza della traduzione
Bruno Osimo La traduzione totale. Spunti per lo sviluppo della scienza della traduzione
Bruno Osimo Teoria della mediazione linguistica

Bruno Osimo Traduzione come metafora, traduttore come antropologo
Bruno Osimo La memoria della cultura: traduzione e tradizione in Lotman
Bruno Osimo Traduzione e nuove tecnologie
Bruno Osimo Terminologia semiotica e scienza della traduzione
Bruno Osimo La lingua non salvata
Bruno Osimo Traduzione giuridica e scienza della traduzione
Bruno Osimo Traduzione della cultura
Bruno Osimo Traduzione letteraria e precisione terminologica
Bruno Osimo Traduzione e qualità
Bruno Osimo Traduzione: aspetti mentali
Bruno Osimo La traduzione totale di Peeter Torop

Fuori collana

Federico Bario Come batteva il tamburo
Aleksandr Ânov Le origini dell'autocrazia
Anatolij Rybakov Gli anni del grande terrore
Raffaello Giovagnoli Spartaco
Mihail Arcybašev Sangue
Mikhail Artsybashev Blood
Julija Voznesenskaja Decamerone delle donne
Solomon Volkov Pietroburgo. Storia culturale
Solomon Volkov Šostakovič e Stalin: l'artista e lo zar
Howard Rheingold Comunità virtuali
Bruno Osimo Il poeta in affari veniva da molto lontano
Bruno Osimo Esercizi di stile traduttivo
Bruno Osimo Melanzane dall'antipasto al dolce
Bruno Osimo Dizionario di psicoanalisi
Lucilla Porta, Una sorta di affetto. Romanzo
Tamara Nigi, Stazioni di transito. Haiku scritti sull'acqua
Poesia nascosta. Seicento ricette di cucina ebraica in Italia